Frohes Fest!

Franzobel

Bad Hall Blues

Eine Oberösterreicherelegie

KEHRWASSERVERLAG

1. Auflage 2014
Gesamtherstellung: _free(agents
Covergestaltung: _free(agents
Illustrationen: Kartensammlung Walter Famler
Lektorat: Kurt Mittendorfer, Mira Kowanda
Druck: CPI Moravia Books GmbH

ISBN 978-3-902786-27-2

Für Walter Famler

Weltkurort BAD HALL,
OBERÖSTERREICH

Stück für zwei Schauspieler

Hermann Scheidleder

Nachgeburt

Scheidleder, aufgeregt, treibt die Nachgeburt vor sich her.

Was fallt denn Ihnen ein? Pleampel. Kipflhuaber. Sie können doch net einfach ein Taferl auf den Kirschbam nageln. So was, Sie geistig Unterstandsloser. Da wird er ja hin. Wissen Sie das net? Hin! Reicht eh, dass mein Bruder alle Mostbam umgschnitten hat. Net? Mir haben so an guaten Most gehabt. Ha mei. Mostbam waren das. Ma, bist du gscheit. Aber mei Bruader sagt, da kommen nur die Weschpen und die Beevögl und d Hurnaussna. Alles verfäult und kana klaubts mehr auf, darum hat ers abgeholzt. Radikal. Alles weg. Jetzt kann er besser rasenmähen, sagt er. Mei Bruader liebt Rasenmähen. Aber es wird net lang dauern, und er stellt an oangmalten, vergaglten Traktorreifen hin, aus dem a Gstaudarad wachst und daneben so glacierte Porzellankugeln auf Stecken, von denen kana waß, wozu's gut san.

Die schönen Mostbam. Das tut ma in der Seele weh. Hat ja immer an Most geben früher im Hausruck und im Traunviertel, an Haustrunk. Die Landessäure. Mei

Englischlehrer hat immer gesagt, we are the Most-people. Scho de Babys waren Most-people, ham an Zutz kriegt. Weiß i gar net, ob Zutz von zutzeln kommt oder zutzeln von Zutz. Zzzzz. Da hat ma an Fetzen oder a Windl in Most einetaucht und dann dem Gschratz in Mund gsteckt, damits besser schlaft. Manchmal hams den Zutz auch in Schnaps eintunkt – grad bei de Jüngsten, damits später an Deppen für d' Arbeit haben. Und jetzt kuman Sie Komiker und nageln da a Brettl in Kirschbam. Pleampel. Kipflhuaber. Was fallt Ihnen denn ein? San Sie a so a Schnapszutzlerter? Was zwinseln den a so? Tu ihna eh nichts.

Das Täfelchen betrachtend. Was soll das überhauptst heißen? NB? Neu bezogen? Neues Bekenntnis? Nationalbibliothek? Da kinans lang warten, bis aus meim Kirschbam Bücher werden.

Aber i sags Ihnen glei, i verkauf net. Und wenn Sie mir nu so vül bieten. I verkauf des Haus net. Hab mas überlegt. Ja, i hab amoi gmant, i zieh nach Stoabach und werd dort a Insel der Oberösterreicher gründen, aber das …, das tu i ma nimmer an. Was tat i denn mit dem ganzen Graffelwerk. Sind ja alles Erinnerungen. Des kann ma ja net anfach ausreißen wia an Mostbam, das sind Erbstücke. Allane die Uhren vom Papa. Schauens. Über 50 Aufziehuhren – und alle ham verschieden tickt. Tick tack, tack, tick, tick tick … War i froh, wies endlich ausgrennt sind. Oder da, die alte Kastenkrippen. Scheen, goi. Hat mir der Pater Georg geschenkt. Ich war, … ich bin ja ein Kremsmünsterer. Pfarrer wollt ich werden, mein Spitznam war Pfaff und ich hätt mein Leben für Jesus gegeben, aber mit einer flammenden Inbrunst und einer Selbstvergessenheit, die seinesgleichen sucht, hätt ich mich ohne nachzudenken für ihn ans Kreuz nageln lassen. Wie alle Jungen. Damals. So wie heut die jungen Islamisten.

Aber ein Brettl in an Kirschbam, der mir net amal gehört, nageln, hätte ich mich nie getraut. Nie.

Nächste Woch ham wir Klassentreffen, 45jähriges Maturajubiläum. Bin schon gspannt, wer do ankräult kummt, wer nu lebt. Der Pater Georg? Der hat ein Glasaug gehabt und man hat nie gewusst, wie er einen anschaut. Dabei ist er mehr auf die Tischlerbuam gestanden als auf uns Studenten. Und dann, auf amoi war er weg, mitten im Sommer. Da hat man schon gewusst, dass da was gwesen sein muss. Jetzt kommt eh alles raus. Aber i wollt das gar net hören, ich hab a nie was gesagt. I kann a gar nichts sagen. Mich hat der Pater Georg mögen, mir hat er die Krippen gschenkt. Mehr muss i net sagen.

Der Papa hat sie leider bald zerstört, weil er si einbüldt hat, er muss elektrifizieren. Nach seim Tod bin i draufkommen, stellens Ihna vur, hat der Hundling von Papa hinten an klan billigen roten Plastikteufel einegstellt. Mein Vater hat manchmal so kleine Bosheiten gehabt. Wissens. Dieser Humor, dieses fast Defätistische. Stellt anfoch an klan roten Plastikteufel in die Krippen.

Aber hinten, wo ihn kana sieht. Aber so sans. So san de Oberösterreicher. Gfeanzt. Da is da Humor so trocken, dass an bei de Ohren außastaubt.

Die Wiener san do anders, de raunzen oder san grantig, die Oberösterreicher sudern oder san gfeanzt. Das kommt vom Most, wo es einem alles so zsammzieht.

Bfffpf. Sogar der Salat ist sauer. Und meistens hat's, weil de Leit so gfeanzt san, an Nöwe. In Oberösterreich ist es de meiste Zeit so nebelig wie in ana finnischen Dampfsauna. Und zum Naturnöwe kommt noch der Industrienöwe, der Hausbrand und der Dampf vom Sauerkrautkochen. Es gibt ja zu allem a Sauerkraut, zum Bratl, zu de Knedl, zum Gsölchten, sogar zu de Bauernkrapfen – grad dass net schon in da Fruah in Kaffee a Sauerkraut eineschmeißen. Und dann gibt es noch den Dampf, das ist die innere Vernebelung. Die Industrialisierung auf oberösterreichisch, jeder a Dampfmaschin. In Oberösterreich is ma net bsoffen, man hat an Dampf. Die Schwankungsbreite is dann de gleiche. Sieht eh kana im Nöwe.

Aber wir Oberösterreicher san net so gebrochen und waun, dann tragen ma unsere Sprünge net zur Schau wie zum Beispiel die Wiener, die wia dieses Porzellan, ich glaub, es heißt Raku-Brand, diese Häferl und Tölla voller Sprüng, kennans bestimmt, ihre Brüche allen zeigen müssen. Die tragen stolz ihre seelischen Wunden vor sich her wie Schmuck oder Tätowierungen. Wir Oberösterreicher zagn nichts, wissens, wir san bauernschlau. Unsere

Bad Hall, O.-Ö.

Sprünge und Brüche san mehr inwendig. Gut versteckt. Zum Beispiel mein Name. Scheidleder. Eigentlich haßt es Scheidl-eder, der Bruch ist zwischen dem Scheidl und dem Eder, aber meine Verwandten haben das gekittet und Scheid-Leder daraus gemacht. A ledrige Scheide. Und jetzt wird das immer so umezogen, Scheid-l-eder, damit beides möglich ist.

Oder Eberstoizö. Jetzt stellens ja überall so selbstgeschriebene Plakate auf: Lederhosenfest in Antiesenhofen, Saustallparty in Oberafisel, Summerstage in Zwettl an der Rodl, Hüttengaudi in Adagger, Schuhplatteln in Wimsbach-Neydharting. Siag i a Plakat, Misswahl in Eberstalzell, und sag zu meim Gschwisaratkind, richtig schreiben könntens das aber schon. Schaut sie mich so an, als ob ich an kompletten Vogl hätt. Wieso, das schreibt man ja immer so. Aber geh, dann müsst es ja Eberstal-Zell heißen … So heißt es auch. Aber kein Mensch sagt Eberstal-Zell, jeder sagt Eberstall-Zell. Ich hab mir immer gedacht, da wäre der Stall von am Eber, von dem, der dem Tassilo sein Sohn aufgschlitzt hat ... Nichts! Ka Stall. So werden die Brüche kaschiert und so wird alles, alles, was nur geht, versteckt. Sogar in der Sprache wird a künstlicher Nöwe errichtet. In Linz heißt die größte Straße Landstraße und jede noch so kleine Gemeinde hat a Stadtpfarrkirche.

Nur net festlegen. Nua kane Brüche zagen.

Nach dem Tod vom Papa hab ich alles, was ich so an katholischem Zeig gefunden hab, auf die Krippen aufegestellt. Da läppert si was zsamm. 50 Rosenkränze. Liederbücher, a Karten aus Medjugorje. Da ist die Mama alloan hingefahren. Sonst immer nur mit dem Papa. Aber nach Medjugorje is alloan gfahren. Das war damals in. Dort ist so eine schlechte Schauspielerin, dass ma sie fragt. Aber wenn die Leute was glauben wollen, dann glauben sie – und zwar mit einer Festigkeit und einer Hartnäckigkeit, dass alle Mostbam, die im Weg stehen, wegmüssen.

Wia de Mama gstorben is, waren vorher zwei Gschwistaratkinder da. Sagen sie, Hermann, ich heiß Hermann, spürst du das auch, es ist auf einmal so kalt. Ich hab natürlich nichts gespürt. Aber die, weil sie glaubt haben, die Mama stirbt grad, war ehna kalt. Aber die Mama is nu lang net gstorben. Acht Tag net. Hat eh passt.

Und Sie? Was mach i jetzt mit ihna? Habens an Hunger? Oba i sags ihna glei, i verkauf net. I bin nur grad am Kochen. Frau hab i keine. Die, die i ghabt hab, hat immer gesagt, a Mann muss unter ana Fuchtl stehen. Die, die net unter ana Fuchtl stehen, landen unter ana Bruckn. Na ja, jetzt koch i halt für mi. Krautwickler. Mögens mitessen? Mir is lieber, Sie essen mit, bevor Sie mir in Kirschbam ruinieren. I soll eh net so vül. Und seit dem d' Mama gestorben is. Oder mögens greste Knedl? Net die greßten Knedln, sondern geröstete Knödel. In Oberösterreich vertauscht man ja das E und das Ö. Statt Köpf heißts Kepf und statt Knöpf sagt man Knepf. Zu Wels sagt man Wöls und zu Vöcklabruck Vecklabruck. Statt dem Zeller heißt es Zöller und statt Keller, Köller. Außerdem vertauscht man B und W. Die Möbe ist der Vogel und das Möwe das Möbelstück. Löwerknedl ist der Leberknödel und Löbe die Raubkatze. Die Arbeit heißt Arwat. Zum Nebel sagt man Nöwe. Sogar zu Oberösterreich sagt man Owaösterreich und zu an Kübe Küwe. Wir haben schon immer Kiwi ghabt – lang vor Neuseeland. Und dann gibt es noch das neta. I bin eh neta gschwind einkaufen gwesen. Hat eh neta an Fünfer kost. I hab eh neta schnell nachgschaut. I woas goar net, woher des kimmt. Die Deitschn glauben ja, das neta heißt netter. Ich bin eh netter einkaufen gewesen. Ich hab eh netter nachgeschaut. Das ist natürlich a Bledsinn. Die Owaösterreicher san ja viel, manche tan sie a nettn, aber etwas san sie ganz bestimmt net, nämlich nett. Wann, dann sans griaslad, griaslad oder gfeanzt. Oba ich hab eh neta nichts gsogt. Sie haben a nie nichts ghört.

Oiso wollens was essen? Ich hab genug. Koch ja immer a bisserl mehr und friers dann ein. Eine Einfrur sind zwei Portionen. Sie können also gern mitessen. Wollens was trinken? A Bier? A Wasser? Most hab i kan. Aber das Bad Haller Wasser ist die reinste Medizin – gut gengan Kropf. Wissen Sie, dass wir das eigentliche Ischl sind? Aber wir sind a Opfer der Syphilis. Ja. Ka Gschwaflat. Bad Hall war a bekannter Syphiliskurort. Deshalb war auch der Vater vom letzten Kaiser, vom Karl, da, inkognito seine Syphilis kurieren. Das war den Habsburgern natürlich peinlich, deswegen haben sie Bad Hall verschwiegen und gemieden und sind alle nach Ischl samt ihren Unterkiefern und Oberkämmerern und Zwischengspusis. Sonst wären wir heut Ischl. Gäbs bei uns an Zaunerstollen und Ischler Schifferl und Ischler Bischerl. Das ist die historische Wahrheit. Bad Hall ist ein Opfer der Syphilis. Und Ischl hat davon profitiert. Diese Kriegsgewinnler.

Mei Mama ist gestorben, gerade in der Zeit, in der i Zeit ghabt hab. Ich hab gesagt, ich geh nimmer weg, und in den letzten paar Nächten hab ich schon ganz taktlos die Parte geschrieben. „Pfiat Euch und machts es gut. – Du auch." Hab ich dann nur mehr das Datum einsetzen müssen. Alle sagen, es ist schnell gangen. Gott sei Dank, ist es schnell gangen. Aber wenn man dabei war, wenn ma daneben gesessen ist und die Atemzüge gezählt hat, und de Stunden bis zur nächsten Spritzen und das Windelwechseln, wenn man das alles gesehen hat, kommt es einem net ganz so schnell vor. Da passt man Tag um Tag auf den Moment, an dem der Körper alles loslässt. Aber der Körper wül net loslassen, krampfhaft klammert er sich an das bissl Leben, das noch in ihm drinnen ist und fängt immer wieder und wieder zum Atmen an. Vielleicht, weil er kan Zutz kriegt. Säuglinge kriegen an Mostzutz, Sterbende net. Dabei san se se so ähnlich, weil Sterben is wie a Geburt. Krampfhaft hält sich der Körper am Leben fest, fangt immer wieder und wieder und wieder zu atmen an. Und dann, wenn es endlich, endlich soweit ist, wenn

Bad Hall O.Oe.
Totalansicht
11

der Körper endlich loslassen hat, dieser Moment, an dem manche glauben, dass ihnen kalt wird, das ... das nenn ich Frieden. Das war ein ganz elementares Ereignis. I bin froh, dass i dabei war.

Das Begräbnis ist dann auch gut gegangen, a schöne Leich, wie man sagt, mit so am Haufen Rindfleisch, Semmelkren, Erdäpfelschmarren, ohne Kümmel bitte, und Dotenloaberl, Anisweckerl. Musik in großer Besetzung. Nur der Pfarrer durfte was anderes essen. Fragt er, darf ich auch a Schnitzl essen. Aber selbstverständlich, Herr Pfarrer, wanns ka Türk san. Magst leicht ka Rindfleisch? Schon, sagt er, aber das is heut schon mei vierte Leich in dera Wocha. *Lacht.* Mei vierte Leich.

Und de Trauergäste haben rinnaugerte Gesichter ghabt und alle waren im selben Gasthaus. Beim Papa waren sie noch auf drei Gasthäuser verteilt. Weil es keine gscheiten Gasthäuser mehr gibt. Alle kaputt. Die schönen Lamperien hat man herausgerissen, die alten Tisch und Sessel durch Möbel aus dem Einrichtungshaus ersetzt. Statt die beizten Böden und Holzdecken hat man jetzt Fliesen und furnierte Bretteln. Stilrichtung spätes Resopal. Scheußlich. Die alten Zuglampen, die Theken und die schönen Eisschränke mit den Messinggriff – alles weg. Nur die, die kein Geld gehabt haben, de Tschummsen, de sind geblieben. Die Bauernhäuser sind auch alle ruiniert. Alle solche Fenster, wie wanns Hallenbäder oder Bahnhöf wären und Eternitvertäfelungen. Das passt überhaupt net. Aber da sind wahrscheinlich Vertreter gekommen von Hrachowina oder Internorm und haben gesagt, das ist doch schön so große Fenster, jetzt habts so kleine Guckerl. Habts leicht was zum Verstecken? Und auf einmal, auf einmal war es im Sommer heiß und die Fliegen und Weschpen sind reingekommen und im Winter ist die ganze Wärme raus, weil dicht waren sie ja auch nicht, und de Vegel san dagegendudert. Nicht zu reden von der Proportion. Aber das ist typisch. Auf einmal ist alles aus der Proportion, sogar de Leit. Gut, von de Fertigteilhäuser, des jetzt überall hinbauen, red i gar net, de schauen ja aus wie Umspannwerke. Da muss man den Kindern die Augen zuhalten, so schiach wie de san. Wie man in so was wohnen kann? Versteh i net. Oba wern eh olle krank.

Früher haben se die Bürgermaster in jedem Ort mit an Hallenbad a Denkmal gesetzt, heut bauns Kreisverkehr, und drumherum lauter Einkaufszentren, schauen aus wie Lagerhallen. Alles verschandelt. Das ist wie mit die Mostbam. Das zerreißt einem das Herz. Ihnen net, aber Sie nageln ja a Brettln an an Kirschbam. Was ihnen da eingfallen is? Dabei schauns gar net so aus.

Draußen setzt Regen ein.

Pst. Hams des ghört? Es hat dunnariert und flessln tuts a. Ganz dumpa is. Da müssens nu a Neichtl dableiben. Oba net, dass glauben, Sie können ihnen bei mir einloschieren. Sobald s‘ Wetter vorbei is, schmeiß i Ihna auße.

Meine Mama war eine begnadete Bauernkrapfenbäckerin, die hat hunderte, ja tausende Bauernkrapfen backen. Und ich wollt unbedingt, dass zur Zehrung, und wenn se se anspeibn die Leut, am Schluss noch jeder an Bauernkrapfen kriegt. Und so wars dann a. Kennan Sie an Bauernkrapfen? Schaut aus wie a verwahrdakelter Reifen – mit am beinah jungfräulichen Krapfenteighäutchen in da Mitten. Katarina hat mei Mama ghoaßen. Eigentlich Ecaterina, weils aus Rumänien war. Aber sie hat sich tadellos integriert. A Vorzeigeoberösterreicherin is worden, a Assimilierte. I weniger. Bin ja net so ein Tümler. De Jacken zum Beispiel, schaut zwar trachtig aus, is aber vom Pakistani am Hannovermarkt.

Und bei uns in Bad Hall in der kitschig neugotischen Kirche steht eine Mutter Gottes, die schaut aus wie die Lady Di. Früher sind ja die Männer rechts gsessen, auf der reinen Seite, da war der Josephialtar, und de Weiberleit sind links gsessen, auf der unreinen Seite. Bis zum zweiten vatikanischen Konzil war das so. Heute gehen de Mauna gar nimmer in d' Kircha, und wenn, dann sitzens irgendwo. Bis zum Umbau war der Altar der heiligen Katharina links. Die steht da mit einem Rad, weil sie gerädert worden ist. Eine der grauslichsten Foltermethoden überhaupt, da werden einem mit einem Rad der Reih nach die Knochen zerschlagen. Unterschenkel, Oberschenkel, Unterarm, Oberarm, Schoß, Brust und Hals. Gnadenhalber hat man manchmal oben angefangen. Und heut sagt man in völliger Unkenntnis solcher Brutalität nach zwei Stunden Autofahren, ich fühl mich so gerädert.

Ich hab das Rad immer für an großen Bauernkrapfen ghalten. Mit so am Bauernkrapfen kannst zwar kan rädern, aber wennst fünfe frisst, bist a tot. Mit dem Umbau hat man die Altäre umdreht. I was net warum. Hat wahrscheinlich eh kana mitgekriegt, weil de Maunaleit gengan eh nimmer und de Weiberleit … woaßt eh, wies is.

Und jetzt stehen am Friedhof zwei Kreuze nebeneinander. Ans für d' Mama, ans fürn Papa. Wie sie's immer haben wollten. Das war a ganz a große Liebesgeschichte. Manchmal deck i den Tisch und stell Photos auf ihren Platz. Ich mach das nur für mich. Und dann red ich mit ihnen: Da seids ja, meine Zwetschgerl, meine Zwutschgerl, ihr zwei großen Liebenden, ihr zwei seids mir viel lieber als Romeo und Julia, weil Liebe mit vierzehn Jahren, das ist ka große Kunst. Oba 62 Jahr lang verheiratet sein wie Philemon und Baucis, das ist ein echtes Liebespaar. Ich bin dazu nicht fähig. Ich kann das nicht.

Ich weiß noch zu Weihnachten, wie die Mama noch gelebt hat, ich hab a gefüllte Kalbsbrust gemacht, klassisch, auf den Platz vom Papa hab ich a Büdl hingestellt. Und auf einmal – sie hat geglaubt, ich bin in da Küch – nimmt sie das Büdl und küsst es und sagt Datti, Datti, sonst hat's nie Datti gsagt, du gehst mir so o. Datti. Das war eine Sehnsucht und eine Liebe. Verdammt noch mal, das ist eine Sehnsucht, die ist fast tödlich, eine Sehnsucht,

die mit dem Leben schon fast nichts mehr zu tun hat. Da hab ich gewusst, sie will nimmer. Sie will bei ihm sein.

Das ist schon laff, wenn man auf einmal so zerrissen wird. Aber ich hab meine Mutter noch ganz heiter kennengelernt. Manchmal hat sie so gelacht, dass i gefragt hab, ist leicht high, die Alte? Es gab ja eine Palliativbegleitung, alle sechs Stunden eine Spritze gegen die Schmerzen, das sind ja unerträgliche Schmerzen beim Sterben. Hab ich nicht gewusst. Was? Woran sie gestorben ist? Ja Altersschwäche. Sie wollt halt nimmer. Seit der Papa tot war. Bei dem ist es schnell gegangen. Der hat gesagt, mei Kathi, war das Gsölchte heut guat, dann ist er aufgstanden, umgfallen und war tot. Dann haben sie ihn leider wiederbelebt. Er ist oba eh nimmer aufgwacht.

Und da wusste ich, es geht zu End mit ihr. Z' Weihnachten hab ichs schon gmerkt. Früher wollt sie immer die Leichenzüge sehen, aber am Schluss hat sie sich für gar nichts mehr interessiert, net amoi dafür, wer gestorben is. Ich bin im elektrischen Fernsehstuhl neben ihr gelegen und sie hat so einen Atemrhythmus von achtmal gehabt, dann war immer 30, 40 Sekunden Pause. *Er demonstriert es.* Da hab ich jedes Mal gehofft, dass sie nimmer aufwacht. Sie aber, oder ihr Körper hat immer wieder angefangt. Das prägt sich ein, acht schwache Atemzüge und dann Pause. Wie bei der Geburt. Am Schluss waren es fast Presswehen. Sie war eh schon beinahe weg, aber ihr alter Körper hat sich immer wieder aufgebäumt. Ich hab gesagt: Mama, Mama, du kannst gehen, wenn du willst. Ich lass dich gehen. Geh! Da hab ich lachen müssen, wie ich, der Sohn, sagt, loß los, loß, ausgerechnet ich als Zangengeburt.

Ich war ja der einzige, der sie begleitet hat. Keiner von den Brüdern. Denen war alles andere wichtiger: Mostbam schneiden, Maibam aufstellen, Traktorreifen anmalen. Na ja, ganz so stimmt des a net, habn halt alle Angst vorm Tod. Die Oberösterreicher können mit dem Tod net umgehen. Mein Bruder hat gesagt, er kann nicht zusehen, wie die Mama einfach so dahinstirbt. Dahinstirbt. Er hätt ja auch sterben sagen können, aber er sagt dahinstirbt, so wie wenn sie dahinsiecht. Ja, sag ich, i glaub dir das, aber du derbarmst dir selbst. Brauchst dich nicht genieren, wenn du zusammenbrichst, habe ich gesagt. Aber er konnte es nicht mitanschauen. A sonst is keiner kommen – außer meiner Nichte, de schon, a de Enkelinnen und da achtzehnjährige Urenkel sogar – hat zehn Runden um das Haus draht, bevor er si eine traut hat. Da hab ich ihn stante pede zum Mann erklärt. Oba alle anderen haben gesagt, i möcht ma des net antuan, i möcht die Oma so in Erinnerung behalten, wie ich's vor einem Jahr gesehen hab. Da fehlen dir aber ein paar wesentliche Bilder, sag ich. Euch möchte ich sehen, wenn die Zähndt rausfallen, wenn ihr inkontinent seid, und dann möchte ich sehen, wie es euch geht, wenn euch keiner mehr sehen will. Aber diese Gefühle kennen sie nicht und vor allem wollen sie

Bad Hall, O.-Oe.
Trinkhalle.

sie nicht kennen. Die Oberösterreicher, zumindest die, die ich kenn, sind ja besonders gefühlskalt und Meister im Verdrängen.

Woas a net, woran das liegt. An der Landschaft? Es geht ja immer nur bergauf, bergab. Oder weil der Hitler von da war? Aber ich zieh ma diesen Schuh net an mit der Kollektivschuld. Ich nicht. Verantwortung ja. Aber Schuld? Ich bin ja nicht da Jesus, der alle Schuld auf sich nimmt und sich dann noch ans Kreuz nageln lässt. Ich hab ihn auch nicht darum gebeten. Wegen meiner hätt der uralt werden können. Das ist natürlich Blasphemie. Ich finde ihn auch sympathisch, den Dreiunddreißigjährigen, aber ich hab ihn nicht darum gebeten. Wegen mir hätt er si net ans Kreuz nagen lassen müssen. Mir hätt schon greicht, wenn er si am Kirschbam aufegsetzt und aufpasst hätt, dass kana a Taferl aunagelt – oder auf de Mostbam.

Manchmal kann man noch wo Erbhof lesen, das haben die Nazis eingeführt. Aber der Oberösterreicher ist ja per se eher unpolitisch, der is so unpolitisch, dass es fast weh tut, streitet sich höchstens, ob er die obere oder die untere Hälfte von aner Semmel kriegt. Oder liegt es an der Sprach? De Oberösterreicher bewegen ja beim Sprechen den Mund nicht. Mir hat einmal eine Logopädin gesagt, sprechen Sie Oberösterreichisch, das entspannt den Kehlkopf. Ja, sag ich, wie geht denn das, ich bin ja Oberösterreicher. Sie müssen alles locker lassen. Oberösterreichisch ist die Kehlkopfschonendste Sprache auf der Welt. Immer locker lassen. *Er imitiert es.* Jo do homs amoil a Feierwehrspritzn braucht und sans enter de Dings oigfahrn… , sagt er, du lo da dawäu, weil hudeln brauchst jetzt net anfanga, des zoilt se ja gar net aus … Das Oberösterreichische ist ein Therapeutikum für die Kehlköpf.

Und nachher sagens immer, was ich persönlich überhaupt net aushalt: Mei, des wann i gwusst hätt. Mei, des wann i gwusst hätt. Hättst das eh wissen können, aber du wolltest es net wissen, du wolltest es net amoi sehen. Mei, des wann i gwusst hätt. Meinerseel … Mit da Mama wars genau so. Die Mama hat am Schluss lauter kleine Bäuerchen gemacht. Und man denkt sich, wie kann sie die Nacht noch überleben. Wie kann sie? Als würde der Körper noch etwas machen. Und ich: Geh, geh, Mama, geh. Man hofft ja immer, dass sie irgendwann zu atmen aufhört, aber sie hat immer wieder angefangen. Dabei hat sie schon beschlossen gehabt zu sterben. Nichts mehr gegessen, nichts mehr getrunken. Sie war ohne Zähne, aber das war gut, sonst verschluckt sie sich. Ich hab mir das Gebiss nachher mitgenommen und ein paar Kukident-Tabletten dazugelegt, damit ich weiß, was drinnen ist. In Oberösterreich hat man ja früher Tabaletten gesagt, Bagameter, Omalett und Abathekn. Alles möglichst weich. Wie die Landschaft, rund und gwürfalat.

Am Florianitag war es soweit. Wir haben sie dann selbst gewaschen und aufgebahrt. Ich kann nicht sagen, dass ich gespürt hab, wie sie gegangen ist. Aber sehen Sie die Kuchluhr. Das war die Uhr, auf die meine Eltern immer geschaut haben. Und am Tag an dem die Mama gestorben ist, ist sie fünf Minuten lang stehen geblieben. Seither geht sie fünf Minuten nach. Ich hab schon oft gehört, dass sich de Toten anmelden, dass Bilder runterfallen oder so. Mir macht das keine Angst. Das einzige, was ich gemacht habe, ich hab die Spiegel umgedreht und das Fenster einen Spalt weit offen lassen, nicht dass sie wo einerutscht, die Seel.

Und weils so bohren in mi, weils gar ka Ruah geben, werd i Ihna nu was sagen. Die Kuchluhr is fünf Minuten lang stehen blieben und am Pfingstmontag, es war zwei Minuten vor sieben, hör ich so ein Klopfen im Haus. *Er zeigt es.* Bei meinem Vater war es stärker. Ich reg mich auch gar net auf. Zwei Minuten vor sieben. Ich hab mir gedacht, vielleicht ein Vogel, ein Specht, oder ein Marder, aber das klingt anders. Später hat man mir gesagt, so a tätowierter junger Friseur, das war das Horcherl. Kennst das gar net? Das kommt immer, wenn wer stirbt. Es war sehr seltsam, weil es war überall im ganzen Haus, aber gar nicht spooky. *Er zeigt das Klopfen.*

Ich will ihnen auch ka Angst machen, weil ich verkauf sowieso net. Aber ich hab gedacht, die hauen das Haus ein. *Er zeigt das Klopfen.*

Ist das jetzt der Jenseitsfunk, dass sie gut angekommen ist da drüben. Vielleicht gibt es gar kein Drüben?

Vielleicht gibt es nur irgendwelche Energien, was ja a net, weil ich war ja dabei beim Verlöschen eines Körpers. Und die ganze Energie, die uns ausmacht, was manche Seele nennen, ist dann plötzlich weg. Haben Sie schon einmal einen geliebten Menschen als Leichnam gesehen? Das ist nur noch Hülle. *Er zeigt das Klopfen.*

Auf einmal ist nur noch eine Hülle da. Alles andere, der Geist, die Seele, ist weg. In der Teilchenphysik können Teilchen über ungeheure Entfernungen miteinander kommunizieren – vielleicht ist das Horcherl auch so was? Ich kann mir das Unvorstellbare vorstellen, aber ich kann nicht was Unglaubliches glauben. Das können die Oberösterreicher, aber i net.

Mich hat das Horcherl gar net gstört. Ich hab ein Kirschholzbett. Seit ich das hab, hör ich auch manchmal so ein Flüstern. Kennens das? *Er demonstriert es.*

Meist kommt man eh drauf, man macht das selbst im Halbschlaf.

Früher, wie ich noch ein Kind war und in der Stuben mit der Knopfschachtel gespielt hab, ich hab wunderschöne Knöpf gehabt, Hirschhornknöpf, Perlmuttknöpf, Glasknöpf, hat die Großmutter, wenn so ein Geräusch war, *er demonstriert es,* und ich weiß nicht, war es ein Pfeifen aus ihren falschen Zähnen oder war es das Wasser am Ofen, jedenfalls, wenn ich das gehört und dann gefragt hab: Oma, was ist denn das? Hörst du das auch?

Er demonstriert es.

Bad Hall, O.-Oe., Kurhaus

Dann hat sie jedes Mal darauf gesagt, das sind die armen Seelen. Jetzt hörst du das als Kind. Die armen Seelen und kennst di net aus. Die armen Seelen? Sind das Geister? Dann hat die Oma gesagt, weißt was, Hermanndi, mein Vater war der Hermann und ich der Hermanndi, wir beten jetzt für sie. Gegrüsset seist du Maria, du bist gebenedeit unter den Weibern, gebenedeit ist die Frucht deines Leibes … Ich hab immer gechristet verstanden. Gechristet seist du Maria. Das war für mich so eine Art Aufrüstung in Christi. Gebenedeit hab ich sowieso nicht gewusst, was heißt. Vielleicht beneidet? Unter gechristet hab i ma a net vül vorstellen können, hab immer glaubt, die hat's zerrissen. Ich war ein waches Kind, hab auch immer mitgekriegt, wie die Eltern heimlich schnackseln, das war gar nicht schlimm, aber ich hab verzweifelt, allerdings ohne jede Chance, verzweifelt versucht, die Worte zu verstehen. Unter Schöpfer hab ich mir noch was vorstellen können, den Suppenschöpfer. Aber gebenedeit? Gechristet? Dabei hab ich damals schon das Stufengebet gekonnt. *Er zitiert es.* In nómine Patris, et Fílii, et Spiritus Sancti Amen. Introibo ad altáre Die. Ad Deum qui laetíficat juventútem meam …

Ich möchte eh net wissen, wie das früher manchmal war, wenn einer geschrieen hat: Lassts mi sterben, lassts mi sterben, bitte … und dann ausse is, voller Wut und a Käuzchen an die Stalltür genagelt hat. Das Käuzchen ist der Totenvogel. Neben dem Kurpark hör ich sie manchmal, net nur, wenn einer stirbt. Chhhhhu, chhhhu. Unheimlich, wie ein Kind, das schreit. Chhhhhu, chhhhu. Aber deshalb stirbt keiner. Und wenn, haben sie es im Nachhinein immer schon gewusst. Mei, des wenn i gwusst hätt. *Er imitiert.* Ist leicht wer gestorben?

Man sagt immer leicht. Is leicht was passiert? Is leicht wer gstorben? Geht's da leicht schlecht? Gestern hab ich den Totenvogel gehört und heut in der früh hat das Zinnglöckerl geläutet.

- Ach die, die ist gstorben? Na ja, hat sie es sich verbessert. Ich hab geglaubt die, die war gstorben, die röchelt doch a schon seit drei Wochen …

Werdens a no bes, weil de falsche gstorben ist. So sans, de Suderweiber, wir sagen dazu Suderloh: Und immer wollens an ausfratscheln, damits was zum Sudern haben diese rabenfalschen Ratschen, diese Gurkenhacheln.

- Mei, d' Muader. Hab is doch erst vor a paar Tag gfrogt, wies ihr geht und habens eh gut gesogt – und jetzt is gstorben.

- Ja eh, es is ihr ja a guat gangen.

- Mei, d' Muader.

Ganz süß vor lauter Beten. Und i waß, dass sie ihr Tochter kurz vor Weihnachten abeghaut hat aus n zweiten Stock, genau wegen dera Suderei von dem Suderloh.

- Mei, d' Muader.

- Ja, es geht ihr eh gut. Wenn der Mensch die Lebensfreude und die ganze Kraft verliert und nur mehr im Bett

liegen kann und hineinscheißen in die Windel, weil er nicht mehr aufs Klo kommt. Das hält man nur vier, sechs Tage aus. Und dann ist sie gstorben. Auch wenn du, wie mei Muader die Einstellung hast, dass wenn nur a bissl was gechieht, schon vül gschieht, ist das bisserl dann so wenig, dass, ich sag nicht Erlösung, aber dann ist die Zeit da und dann geht's ihr gut. Ich kann nicht sagen, dass es ihr schlecht geht. Wie weit soll es denn noch gehen? Wie weit denn noch?

Ich finde es toll, dass man dann nicht mehr ins Krankenhaus muss und man nicht mehr künstlich ernährt wird. Sie hat ja nie gesagt, sie hat einen Hunger, Leute, die sterben, essen nichts mehr, haben kein Hungergefühl mehr. Natürlich fällst dann so ein. Ich hab ihr noch ihr Lieblingsessen gemacht, weil sie das noch einmal kosten wollt, das waren rumänische Krautwickler, heißt Galuschti, hat sie nur zwei Löffel gegessen. Das freut mich dann, dass sie zwei Löffel genommen hat, weil sie hätte ja auch nur einen nehmen können. Aber das wollte sie noch. Am Montag. Am Samstag darauf ist sie gstorben. Florianitag. Bis dahin hat sie nichts mehr gegessen.

Er serviert das Essen.

So. Gesegnete Mahlzeit. I bin Agnostiker, aber nur Mahlzeit sagen, mag i net, es heißt nämlich gesegnete Mahlzeit. Und jetzt essens, Sie san eh so a gagelbanerns Grispindel. Ganz darhungert schaun Sie aus. Essens. Nur ka Schama net. Schauns wies draußen wettert.

Diese ewige Suderei, dieses Selbstmitleid.

Imitiert.

Die Gerti is halt nicht mehr wie sie war. Was ich mir alles mitmach. Mei, was ich mir alles mitmach. Das ist auch typisch Oberösterreich. Oder de derrische Anna:

- Wieso isn gstorben?

- Zun Papa wollts gehen.

- Bledsinn!

- Aber so ist das, Anna. Schaun Sie, wir sind alloan. I bin alloane. Sie san alloane. Wir verstehen das net.

- Bledsinn. Dabei hat sie so eine kleine Maus gehäkelt. Wie ein otriebener Embryo hat das ausgschaut. Aber ich liebe diese alten Menschen, wenn sie wieder wie Kinder werden. Die Masken fallen weg, die Höflichkeit fällt weg, die Falschheit. Sie san, wies san. Die Mama ist dann auch wieder echt bös geworden und ich hab mich richtig gefreut.

Die oberösterreichischen Dementen sind ja anders als die anderen Dementen, die haben diese Mostsäure. Das ist eine Mostdemenz. Oder es ist ein Süßmost, dann werden sie wie Kinder. Griaslad.

Imitiert.

Verzeih mir Mutter, verzeih mir meine Sünden, bitte um Vergebung ... Verzeih mir Mutter, verzeih mir meine Sünden.

Schmeckts? Essens ruhig. Auf mei Mama. Das Schlimmste war bei der Beerdigung. Wie die anderen schon alle bei der Zehrung gesessen san in ihren schwarzen Anzügen und den neuen Pfarrer gelobt haben, weil der kein so ein verbohrter Sturschädl mehr ist wie der alte, der sich gweigert hat ein Kind zu taufen, weil er ghört hat, dass aus einer künstlichen Befruchtung hervorgangen ist, und a Firmpatin hat er net anerkannt, weil sie geschieden war – lauter solche Sachen hat der aufgführt, da is der neue ganz anders. Nur Rindfleisch kann er kans essen. Aber was soll er denn machen, wenn ihm der Semmelkren schon bei de Ohren ausserkimmt.

Und wies alle gsessen san und gegssen han und den Pfarrer globt habn, schen hat er gredt, bin ich noch einmal zruck, weil ich vergessen hab, den Totengrabern was zu geben. Die waren grad dabei, das Grab zuzuschaufeln. Und da merkst du dann, wann zuagmacht wird, wenn unwiderruflich Erd auf di fallt, es ist vorbei. Es ist endgültig vorbei. D'Mama is weg. Und wenn für an Menschen d' Mutter weg ist, ist die größte Liebe weg – und zwar für beide Seiten. Da kriegst dann scho a Ganslhaut.

Bin gespannt, wie das beim Maturatreffen wird. Da sind dann sicher wieder welche, die sagen, aber vor zehn Jahren hast ganz anders geredet. Ja, hoffentlich, sag ich. Ich möchte ja nicht wie du 40 Jahre lang dieselbe Partei wählen. Vielleicht gibt es was Gescheiteres als den Katholizismus und die Österreichische Volkspartei. Es gibt so Sachen, die habe ich nie gut gefunden, wie diesen Satz: So ist es und so bleibt es, weil das war schon immer so.

Das hat mein Großvater schon gesagt, mein Vater und ich sags a. Ich kann mich noch erinnern, wie mein Vater mit seinem Feanker in an Sauschädel rumgeschnitten hat, so in die Nasen ist er ihm gefahren, hat a Fleisch ausm Rüssel aussakratzt und dabei hat er gesagt, na Schrimps, Schrimps ess i net, diese Mehlwürmer, so ein grausliches Zeug, wie kann man das nur essen? Dem is gar net aufgfallen, was er macht. Stochert mit fettverschmierte Finger im Sauschädel umadum, ziagt Flankerl aussa und sagt: Na, Schrimps, Schrimps kunnt i nie essen. Mehlwürmer. Grauslichs Zeug.

Ich bin hoffentlich net so worden. Hab mi immer bemüht, mehr ein Adovocatus Diaboli zu sein. Na, Hermann, zu sagen, so ist es wieder a net. Und dieses Spiel, spiel ich mit mir selber. Ich mach meine Packerl manchmal auf und überprüfe, ob nicht schon alles schimmlig geworden ist in den letzten vierzig Jahren. Ein paar Packerl, sichergeschnürte, braucht natürlich ein jeder. Ein paar Packerl lässt man lieber unangschaut. Aber in de anderen, in de anderen muss man immer wieder einmal einischauen. Man kann ja net sein Leben lang mit oide hiniche Packerl rum renna. A wanns grauslich ist, a wanns schmerzt, manchmal muss ma welche aufmachen und dann, wanns denn so is, daune schmeißen.

Schmeckts? Ich hab das gern, das gemeinsame Essen. So wie der Tscheesas gesagt hat: Burschen, die politische Lage schaut schlecht aus für uns, setzen ma uns hin und

Gruss aus Bad Hall

essen was, Bradl werdns vielleicht kans ghabt haben: das Abendmahl. Weil wer was, wann wir wieder zum Essen kumman. Wollen Sie a Serviette? Ich bin ja kein großer Serviettenbenützer, aber ein großer Patzer. San Sie a a Koch? Man probiert, aber manchmal passt was überhaupt net zsamm und das macht man dann nie wieder. Und der Tscheesas hat Brot genommen und hat gesagt, das ist mein Leib. Und die Katholiken glauben, das ist sein echtes Fleisch. Aber dann sinds Kannibalen, wenn sie ihren eigenen Gott fressen. Dann dürft a ka Vegetarier a Katholik sein.

Und Sie? Vül redens ja net grod. Wollen wirklich das Haus kaufen? Wieviel würdens denn zahlen? Na, sagens nichts, sagens nichts, ich verkauf ja sowieso net.

Morgen ist Kranzltag, Fronleichnam. Einer der höchsten katholischen Feichta. Ich hab immer geglaubt, das kommt von froher Leichnam. Da gehen die Erstkommunionskinder mit den Anlasskräuteln, Pfingstrosenblättern und an der Seite sind Birkenzweige verstreut, die nehmen dann die Leute mit. Wenn das Allerheiligste vorbeigegangen und viel Weihrauch auf die Blätter gekommen ist und der Pfarrer recht mit Weihwasser gepritschelt hat, dann gehen die Leute her und machen Kranzeln draus. Soll gut gegen Blitzschlag sein, vor Hexerei schützen, gegen Wetterzauber und dass d' Mülli ned übergeht. Mach ich auch. Und dann die Musik, uralte Gesänge über den Leib Jesu und o Haupt voll Blut und Wunden, aber keine Frage ob die Hostie wesensgleich oder seinsgleich ist mit dem Leib Christi. So feiert man das Geheimnis, dass im Brot der wirkliche Leib Christi drinnen ist.

Stärkere Ministranten, in de da Thscheesas dreimal einepassat, mit Fahnen wie beim Olympiaeinmarsch. Die Zechpröpste tragen den Himmel, mit Händen, die sie schon nicht mehr geradebiegen können, weil sie eigentlich Metzger, Bauern oder Tischler sind. Und dahinter kommt die Goldhaubenfraktion. Dies ist der Leib, der für euch hingegeben worden ist. Geheimnis des Glaubens. Das ganze Fronleichnam ist eine einzige groß angelegte Demonstration des Glaubens.

Mir als Agnostiker gefällt das. Das Herz Jesu ist ja das reinste Homoerotikum. Ein großer erotischer Ersatz. Die Wunde, das Herz – wie eine geschwollene Eichel. Und weil Fronleichnam am zweiten Donnerstag nach Pfingsten ist, fällt es immer auf einen Pfingsta. Pfingsta ist der fünfte Tag, der Donnerstag. Sunndach, Mondach, Irda, Midiwa, Pfingsta. Das fällt mir jetzt erst auf: Sonn-Tag, der Tag der Sonne, Mond-Tag, Irda, Tag der Erde. Midiwa, Mitte der Woche. Pfingsta, der fünfte, am Freitag frein ma uns, weil am Samstag sammas. Wie geht das? Aaaaaam Montag ist Nudeltag, Dienstag Knödeltag, Mittwoch Strudeltag, Donnerstag Krauttag, Freitag Fischtag, Samstag, Sonntag ist Fleischtag. Wenn nur alle Tag Samstag, Sonntag wär, dann wär i froh. Aber solang Montag Nudeltag ist, Dienstag Knödltag, Mittwoch Strudeltag …

Jodbrombad Bad Hall, Ob.-Öst.

Am Midiwa kommts Budaweibe, weil am Irda hats budat. Das Budern kommt von Buttern, vom Stessl im Butterfass, und wenn ma einmal so eine gschmalzene oberösterreichische Jungbäurin gebudert hat, weiß man, wie saftig die ist. Deshalb schreibt man budern immer mit B, nie mit P, das staubt ja nicht. Es heißt auch der Budder und der Aschen und der Göss. Aber das Mensch.

Es gibt ja nirgendwo so hübsche Menscher wie in Oberösterreich. Zum Reden habens zwar nichts, weil in Oberösterreich regiert immer noch das Patriachat. Aber dafür sans fesch. Bist du gscheit. A net alle. Gibt a Keifn und Zwickzangen, Zauckn und Zecken, Wutzln und Zelten, aber die gibt's überall. Aber de anderen, wanns zeidig san. Jo mei. So saftige Jungbäurinnen, dass da Buda aussaspritzt oben und unt. Hawediehre.

Er serviert ab.

S' dunnarieren hat aufghört. Flessln tuts nu immer. Ober da hinten wird's schon licht.

Manchmal bin i net bös, wenn Bräuche verloren gehen, manchmal is es ja gut, wenn was Neues kommt, aber es geht so schnell jetzt. Es geht zu schnell.

Sie sagen leider. Ich sage auch leider. Weil Sie es sagen, geniere ich mich nicht für mein leider.

Weil alles so schnell geht, zu schnell, hab ich mir ja gedenkt, ich geh auf Stoabach, weil da keine Türken sind. Das derf man ja kaum laut sagen, aber ich möchte halt so gern einen Ort in Oberösterreich, wo man durchgehen kann und es net nach Kebab riecht, wo es noch richtig Oberösterreich ist und de Leut: goil, gell, d' Goill und Bod Hoill sagen, wo ma nu Wörter wia Gmolad und Mauehrl hert. Wo Zwiebotzenbirn und Zweschgn wachsen und wos nu Apflschlangerl, Wuchtln und Stöckekraut gibt. Flecksuppen und Foamnudeln.

In Oberösterreich gibt's überall a N dazu: Nudeln, Knedeln, Schwammerln, Nusserln, Busserln. Muass ja net groß sein, nur a klans Fleckerl und wenn es mitten in der Türkei liegt, weil i hab nichts gegen Türken, zwegen meiner können se se ausbroaten, von mir aus kann de ganze Welt eine einzige Türkei sein, oba a so a klane Insel der Oberösterreicher, wo Oberösterreich nu Oberösterreich ist, wo die Mauna a Bradlpappen haben und nach Radi stingan, und de Weiberleit gschmalzene Goldhauben, wo jeder stad is, weil nichts gsagt is globt gnua, wo Oberösterreich nu Oberösterreich is, tät i ma halt wünschen.

Wir verlieren uns ja selber. Bald gibt es uns nimmer.

Ich will das auch untersuchen, aber man kann das nicht untersuchen, wenn man es nicht aufschneidet. Aber man darf ja nirgendwo mehr reinschneiden. Is net so? Wenn man nur ein bisserl wo einefudelt, is ma schon verdächtig. Schreien schon olle.

Das macht diese politische Korrektheit. Diese Denkverhinderung. Oba Oberösterreich war noch nie pc.

Vielleicht bin i deshalb so gern auf de Friedhöf. Da san halt nu richtige Oberösterreicher. Ruhig. Nichts gsogt is globt gnua. Loamlackerde Stadschauer. Ich halts ja fast nur mehr am Friedhof aus, sonst krieg i den Blues. Da Friedhof ist der einzige Ort in Bad Hall, wo es kane Türken gibt. Die werden alle in der Türkei beerdigt. Werden alle hamgflogen.

Am Bad Haller Friedhof liegen die Besseren an der Wand, in sogenannten Grüften und der Rest liegt umanand.

Ich lass mich ja einmal kremieren, weil ich hab zu oft den Totengrabern zugschaut und gsehen, wie das stinkt und olles auseinander fällt, wie Gräber einsacken, weil der Sarg derfäult ist, man Nahrung für die Würmer ist. Ich hab da so viel gsehen, dass mir die Auferstehung des Fleisches derart von zwider ist.

Wie ruhig es auf einmal is. Hören Sie das? Nichts. Net amol de Uhr tickt. Net amal a Totenvogel schreit. Ka Horcherl. Und Sie sagen a nichts. Is ma eh sympathisch. Das is typisch oberösterreichisch, nichts sagen, aber sich sein Teil denken. Nur kein Wort zuviel.

Manchmal im Herbst, beim ersten kalten Lüfterl, wenn in der Früh wieder das Wasser auf den Wiesen kondensiert, und man ahnt, der Sommer geht zu End. Das ist dann wie ein Winken mit dem eigenen Parte-Zettel. Dann spürt man, es gibt ka Entrinnen aus der eigenen Vergänglichkeit und man weiß, alles geht zu Ende, die Freiheit, das barfuss laufen, das zu Bett gehen, wenn man will, die Ferien und sogar man selbst. Und plötzlich versteht man die ganzen Jahreszeitengedichte vom Wieland und vom Rilke. Auf amoi kriegt ma so a Ahnung.

Stellens Ihna vor, jetzt war i bei meim Doktor, hängt da so a Schild, wegen Krankheitsfall geschlossen. Stellt si heraus, er is gstorben. Ja, jung. Ein Doktor ist ja wichtig für die Hygiene des ganzen Dorfes. Die Leut jammern zwar, haben sich aber nicht gescheut, ihn mitten in der Nacht anzurufen. Ich brauch an Doktor, der mich nicht krank macht. Bei mein bin i eine und hab gsagt, Herr Doktor, ich brauch was fürn Blutdruck. Und wo, sagt er, ist da ihr Problem? Die anderen sagen immer, ich soll abnehmen, mehr Sport treiben, weniger Essen, weil i eh schon so bunkad bin. A Wascher. Wieso, sagt er, Sie sind doch ein barocker Mensch, spar ich mir die Psychopharmaka. Jetzt ist er tot.

Ich hatte das Privileg, mir bei der jährlichen Prostatauntersuchung die Position aussuchen zu dürfen. Das wird in Oberösterreich auch nie ausgesprochen, das Posttrara, Prostatadings. Na, da derfst gar net darüber nachdenken. Denken wird überhaupt als was Gefährliches angesehen. Bloß net daran denken, bloß net darüber nachdenken. Nur net daran denken. Weil, wasst eh, denk da nichts. Net auszudenken. Und nachher dann: Na, des wenn i gwusst hätt. Meinerseel. Na so etwas.

Ich jedenfalls lass mir die Prostatadings anschauen. Auf einmal, vor fünf Jahren, sagt der Doktor, ja, was haben wir denn da, ja, was haben wir denn da, einen Tumor

auf der Niere. Was? Bin i dakemma. Und ich merke, der macht keinen Gspaß, der meint das ernst, ist mir natürlich glei de Farb ausm Gsicht gruna. In die Röhre bin i gekommen und stellt sich heraus, mein vermeintlicher Tumor ist a Doppelniere, ich hab drei funktionierende Nieren. Na ja, hüfts net, schadts net. Und wie dann etwas später mein Vater bei seiner ersten großen Gesundenuntersuchung war, kommen sie drauf, dass er nur eine Niere hat. Ja, sagt er darauf, wundert mi eh ned, die andere hat ma mei Bua gstohlen, der Kunterling. So war er.

Er steht beim Fenster.
Schauns, a Regenbogen. Jetzt is vurbei.

Sie habens eh net drawig? Wollens nu was trinken? Jetzt habens oiwei nu net gsogt, was zahln taten? Oschasseln lass i mi nämli net. Brauchens mi gar net so ansinga. Was eh, Sie wolln sie einweimperln mit Ihrm Gredat. Sie glauben, wenns mi ausfratscheln, werd i mitm Preis obegehn. Aber da hams Ihna täuscht. Da schreit olles in mir Na. Na und nu amoil Na.

Die Mama war aus dem Donaudelta, a richtige Rumänin, sieben Schwestern, alle bildhübsch, und die haben alle Deutsche geheiratet. Die Tante Milla und die Tante Helena, die Gerti und die Greti. Und 39, 40, wie es geheißen hat, Deutsche heim ins Reich, ist die vierzehnjährige Mama mit ihren verheirateten Schwestern mitgegangen und hat dort beim Arbeitsdienst den waschechten

Oberösterreicher Scheidleder kennengelernt. Amoil hab i sie gefragt, Mama, warum hast ausgerechnet den klanen Scheidleder gnumma? Ja, sagt sie, woaßt, mit dem hab i jeden Tag lacha kinna. Sie sind ihr Leben lang zusammengepickt und oft hams kudert. Ein Beispiel absoluter Integration. Sie ist eine richtige Oberösterreicherin worden. Das ist eine eigene Gattung von Oberösterreichern. Die Assimilierten. Sie hat aber richtig Oberösterreichisch gredet mit Pferscher und Pfiati und Pfingsten. Pfanni hat Pfenster putzt, obapfallen, Pfut pfetzt. Pfingsten statt z'Pfingsten – das oberösterreichische Gehirn ersetzt sofort die richtige Präposition. Oder: Wann die Hoan Oar legerten, dann gogatatatsns. Wenn die Hähne Eier lägten, dann gackerten sie. Net so wie die Siebenbürger, die gibt es a, oba de legn kane Oar: Ah, Herr Scheidleder, freit mich, hab ich Sie schon lang nicht mehr geschaut. Na, was moch ma denn immer so. Haben Sie immer noch so viel Spektakel? Geht ihnen gut? Freit mich. ... Wenn du dich anpasst, bekommst du viel geschenkt. Auch in Oberösterreich.

Wie heißt es so schön im Heldenplatz: Man merkt es immer sogleich das Oberösterreichische. Mei Frau hat ja immer gesagt, das is ka Sprach, das Oberösterreichische, das is a verbale Verhütung: Oa oar oder zwoa oar oder gor ka oar in da Oaschicht. D' Muader das Luader mocht Knedl so kloan, da Voter, der Koter, frisst olle alloan. Und kaum kummt a Fremder, schiaßts aus ehna aussa wie das

Fliegeraufnahme Bad Hall O.-D.
572

Amen im Gebet: Sog amoi Oachkatzlschwaof. Wannst net Oachkatzlschwaof sagen kannst, bist ka richtiger Oberösterreicher. Weil dann bist ka Mensch. Sog amoi Oachkatzlschwaof.

Oba ich bin kein Verherrlicher. Ich mag den Stelzhamer, weil das ein wüder Hund war, lange Fingernägel, so a Dacken, der ist oft zu seiner Weana Geliebten pfuaßganga. Hoamatland, Hoamatland, i hoan di so gern, wie a Kinderl sei Muader, wia a Hunderl sein Herrn. Hoamatland, Hoamatland, … und dann kommens schon an, net nur der frühere Religionslehrer, alle, *er demonstriert es* die Hand ausgefahren wia an Feanker und der Oberkörper geht tief und tiefer und noch tiefer, dass man sich fragt, wie weit geht es denn noch hinunter, wo will er denn hin. Da merkt man halt, dass durch Oberösterreich die Herrschaften immer nur durchzogen sind. Nach außen ham ma uns verbeugt, aber innerlich haben wir uns verschanzt in Wehrhöfen, Vierkantern, Trutzburgen. Hoamatland, Hoamatland, … Aber schön is schon. De Landschaft is net so schroff wie in Tirol, aber a net so flach wie im Burgenland, mehr dazwischen. Gwürflat, hügelig. Gupf um Gupf. So als ob lauter Knedln drunter waren. Zuagwachsene Grammelknedln und Sölchfleischknedln und Bratknedln und Zwetschkenknedln und Marüllnknedln. Der Stifter hat das über tausende von Seiten beschrieben. Der Bernhard ha ja amoi gsagt, bis beim Stifter ana von der Haustür bis zum Gartentürl kommt, braucht er zehn Seiten.

Aber ich lass mich da nicht hinnabeln. Ich hab immer fort müssen.

Mein Vater hat Oberösterreich nie verlassen. Für den war a Fahrt nach Kirchberg schon a Weltreise. Amoi, a anziges moi hat er mi in Bremen besucht, Bremen!, aber da hat er gar net glauben können, dass das noch Deutschland ist.

Imitiert Norddeutsch. Mit den spitzen Steinen spuckenden Sprotten gehen die in die Kirsche und sprechen von Schemie und Schina und erslagen Snacken... Hat er a a bissl was gesehen von der Welt – mit seiner oan Niern. Aber das war net wichtig. Oberösterreich hat ihm greicht. Da hat er Krippen elektrifizieren und rote Teifeln einestelln können. Er hat nie wollen, dass die Mama Rumänisch redet. Man könnt ja etwas über oan reden.

Die Deutschen haben ja überall Türken: Politiker, Moderatoren und ganz unmögliche Kabarettisten. I hab nichts gegen Türken, wirklich, das sind anständige Leut. Aber sie assimilieren sie hoit net. De wollen net amoi bei uns begraben sein. Von denen wird nie ana beim Warmen Hans stehen, das dritte Gebiss in da Hosentaschen, an ana Wurst zutzeln wie a Pamperlatsch am Zutz und sagen: Das ist es, was de Weana net wissen, a Burnheidl ... a Burnheidl is a Burnheidl. Das is a großer philosophischer Satz, so wie „a rose is a rose is a rose". A Burnheidl is a Burnheidl. Große Philosophie! Und i was, was a damit mant. Des is es, was de Weana net wissen.

Was i nu immer net was, ist, warum Sie das Taferl auf den Kirschbam nageln wollten? Was? Was wollten Sie? Was? A stilles Denkmal errichten? Was? Sie san da geboren und unter dem nächsten Kirschbam hat man ihre Nachgeburt begraben? Weil das so Brauch war. Und des war unserer. Deswegen san de Kirschen so rot.

Die Mama, wies gestorben ist, war schön wie ein junges Dirndl. Sie hat auch gut gerochen – wie ein Neugeborenes. Und sie war so schön, so schön. Zwei Tage vor ihrem Tod hat sie für eine Viertelstund die Händ gehoben und gegriffen, wie wenn sie jemand nehmen würde. Ihre Lippen haben dabei gebebt. Die Schwester hat das schon gekannt, weil das alle Sterbenden machen. Engerlgreifen hat sie das genannt. Es war unglaublich schön. Zwei Tage vorher sagt sie, der Hermann ist ja auch da. Ich war ja immer der Meinung, man sollt den letzten Moment abkürzen und Dings … jetzt fang ich auch schon an zu dingsen … das ist typisch Oberösterreichisch, dieses Nonverbale, das waßt eh, waßt eh, de Dings, waßt eh, aber man traut sich nicht zu sagen, dass man es nicht weiß. Waßt eh. Die Mama, wir waren ja arm, Kleinbauern, da hat es oft an gebackenen Leberkäs geben statt dem Schnitzel, und wenn die Mama dann gsagt hat, magst eh nichts mehr, Hermanndi, war klar, es gibt nichts mehr. Und wenn man gsagt hat, ja, hat man trotzdem nichts gekriegt.

Wie sie dann tot war und ich sie nackad gesehen habe, war sie unsagbar schön. Das war eine Mischung aus Empathie und Verzückung. Ich wollt fast singen: Die Sonne neiget sich, sie geht zur Ruh. Sie wirft den letzten Blick dir freundlich zu. Hast du geprüft dein Herz, treibst du damit nicht Scherz? … Das ist ein Brautlied. … Sie war natürlich nicht schön, hat ja keine Zähndt mehr ghabt und Altersfleck und verwachsene Zehen und an Hallux und Krampfadern und an ausdörrten Busen. Aber für mich, für mich war sie wunderschön. Da war dann alles … alles gut. Und vergessen waren die Streitereien, dass sie immer meine Brief aufgemacht hat, weil mein Vater auch Hermann heißt und sie das als Ausrede benutzt, vergessen, dass sie immer gesagt hat: Unterm Hitler hätts das net geben. Und ich immer wieder sinnlos widersprochen habe, Mama, weißt du überhaupt, was du da redest, sieben Millionen Tote, du woaßt doch selbst, dass ihr Schwarzschlachtungen gemacht habts. Dann hats an Moment lang überlegt und gesagt: Mei, des wann i gwusst hätt. Des wann i gwusst hätt. Aber das hat nie lang angehalten, weil es ist immer wiedergekommen dieses „Unterm Hitler hätts das net geben". Oachkatzlschwoaf!

Wenn ich amal a Biographie schreibe, wird sie net heißen „Die Biographie ohne mi" und a net „Wissen Sie nicht, wer ich war", sondern: Danke, Herr Hitler. Weil ohne Hitler wären meine Eltern net zusammengekommen. Ohne Hitler wär de Mama in Rumänien blieben und der Papa hätt sie a andere suchen müssen. Darum wird meine Biographie heißen: Danke, Herr Hitler. Da

Bad Hall in Ober-Osterreich

werdens schreien, wie geschmacklos. Das hätten wir von ihnen nie gedacht. Aber es stimmt. I hab ja den Muttertag abgeschafft, aber hingfahren bin ich trotzdem jedes Jahr. O meine Eltern, wie Gartenzwergerl habens ausgschaut, o Mutter, ich danke dir, dass du mich geboren hast und hoff, ihr habts a rechte Freid dabei ghabt, wies mi gmacht habts.

Auf ihren Kranz hab i aufeschreiben lassen: B'hiat di Gott, Mama. Die Gärtner sagen, aber Sie wissen schon, Herr Scheidleder, dass das Pfiati heißt. Natürlich weiß ich das, aber i wül mi von ihr ja net pfiaten, sondern ihr B'hiat di wünschen. B'hiat di God. Behüt dich Gott.

So war das. Ma soll net höher schneitzen, als d' Nasen hoch is. Jetzt, wo Sie das alles wissen, wollens das Haus gar nimmer haben, goins. Aber wissens was, Sie Plauderant, jetzt werdens Augen machen, weil jetzt schenk is Ihna, mitsamt dem Kirschbam unter dem Ihr Nachgeburt liegt. I wülls jetzt nämlich selber nimmer das ganze Dings. Waßt eh. Ganz enterisch is mir zumut. Hab richtig a Ganslhaut. Jetzt, weil wir so schön dischputiert haben, weil Sie so drängan wie d' Lava ausm Vulkan, jetzt schenk is Ihna. Ja, da schauns, oba ma muss seine Packerl überprüfen, und ma muss sie a trennen können. So is das. Oder wie d' Mama immer gsogt hat: Wann nur a bisserl was gschieht, dann gschieht schon viel. I geh nach Stoabach. B'hiat Ihna Gott und Dings, machen Se's gut.

Franzobel, gezeugt in Tümekam, wo de Knedl Haxn ham, hat in Vöcklabruck das Licht der Welt erblickt. Aufgewachsen zuerst in Nag Pu, später dann in Püchewang ob der Neblich, unternahm er schon früh Ausflüge nach Piesendorf. Mit 16 gründete er den Verein zur Wiedereinsetzung des zweiten Ms im Namen Stelzhamer. Mit 18 gewann er einen Wettkampf im Luftboxen mit dem Titel „Hoamatland, Hoamatland, i hau di so gern". Mit 28 wurde er Oberösterreicher des Jahres und mit 37 unternahm er erstmals eine Pilgerreise in den Luftkurort Bad Hall. Mit 46 lernte er Hermann Scheidleder kennen. Mit 62 ging er erstmals auf den Ball der Oberösterreicher. Heute lebt er mit seiner Familie als freischaffender Hoamatomat und Satzdichter in Texas.